The Gender of Mona Lisa

Tsumuji Yoshimura

Aus dem Japanischen von Carina Dallmeier

X

Inhalt

√X

Du dachtest immer, dass deine Wahl für einen der zwei Wege deine gesamte Zukunft bestimmen würde.

In diesem Netz warst du gefangen, krümmtest dich vor Schmerzen und verheddertest dich immer mehr in seinen Maschen...

Wenn du dich für den anderen Weg entscheiden würdest, hättest du dein Leben auf jene Art zu führen. Aber das wolltest du nicht.

Wenn du dich für den einen Weg entscheiden würdest, hättest du dein Leben auf diese Art zu führen.

Dieses Netz war schuld daran, dass du deine Flügel nicht ausbreiten konntest.

Du gabst vor, alles zu verstehen, doch in Wirklichkeit wusstest du rein gar nichts.

... aufhörtest, dagegen anzukämpfen, und dich geschlagen gabst.

... bis du schließlich weder ein noch aus wusstest...

Doch jetzt ist alles anders...

... weil du das Glück hattest zu erfahren...

... wie es außerhalb des Netzes wirklich war.

The Gender of Mona Lisa

$$\sqrt{\times}$$

Du hast deinen Weg gewählt.

Die Geschichte, die sich nun vor
dir entfaltet, ist nur eine von vielen
Möglichkeiten, wie dein Leben
verlaufen könnte.

Ich wünsche dir alles Glück der
Welt auf deinem Weg.

Prologue

Das Telefonat

PLOPP

14:00

Ruf
an!

Jetzt ruf
schon
an!

Um
Punkt
zwei Uhr
rufst du
an!

FLOPP

HAAAH

HNNNGH

...

SSS

Auch mit einem Geschlecht...
... bin ich genauso feige wie vorher...
Echt erbärmlich...
PILORING
HIEKS
A... Ach so...
Nur eine Game-Notification. Und ich dachte...
Ah!
Daneben getippt.
TUUUT... TUUUT...
Ah!
Waaah!
Es wählt!
Wa...
FWUPP
Ja, hallo?

Oma

Hinase?

Ha... Hallo ...

Bist du das, Oma?

SFFT

Ach so?

Das freut mich.

Stimmt, die Zeit vergeht.

Ja, mir geht's gut.

Und dir?

12

Ist Mama da?

Hm?

Ah, ja... Genau...

Ich rufe aus einem bestimmten Grund an.

Danke.

Ja.

Ja.

GNN

...

H...

Hallo...

... Ma...

...ma.

Hinase?

WANK
WANK

Ja...

... mir geht's gut.

Ich esse brav.

Und
...
... wie geht es...

... dir...?

The `Gender of Mona` Lisa

Paint.X-1 »Urlaub«

PLAPPER
PLAPPER
PLAPPER
PLAPPER
VRR VRR VRR

Ah, Hinase.

Wo bist du?

Ich bin... vorm Haupteingang? Glaub ich.

GLUBSCH

Okay, bin gleich da.

Entschuldige, die Vorlesung ist jetzt erst aus. Ich bin noch im Hörsaal.

Und du?

Hinase und ich kamen nach unserem Schulabschluss diesen Frühling zusammen.

TUUUT

Hinase betonte, dass sie sich nicht für mich entschieden hatte, weil sie nun eine Frau war.

Ich glaube, diese Tatsache war ihr besonders wichtig.

... weil ich auch nach Hinases Beschluss, eine Frau zu werden, nie das Gefühl hatte, dass sie an mir interessiert war.

Es war am Tag vor meiner Abreise nach Tokyo, als sie mich fragte, ob wir zusammen sein wollten, woraufhin ich fast aus den Latschen gekippt wäre...

Ich war in Tokyo, Hinase in der Heimat.

Wir waren zusammen, konnten uns aber nur selten sehen. Unter anderem eben aufgrund unseres stressigen neuen Alltags.

Seitdem war circa ein halbes Jahr vergangen.

Nach Möglichkeit wollte ich auch gern etwas mit Hinase unternehmen, aber...

... wollte ich mir Hinases Uni ansehen, wenn ich schon einmal zurück in der Heimat war.

So weit der Plan.

An diesem Tag...

Die ist so beliebt, dass es fast schon an Beleidigung grenzt!

Behauptet Ritsu nicht ständig, wie unfassbar beliebt Hinase an der Uni sei...?

Was mach ich denn, wenn sie jetzt mit einer Horde Typen antanzt...?

22

...

Mein Freund, Shiori.

Oh, Hinase, wer ist das?

Er sieht aber nett aus!

Ach, der, von dem du manchmal erzählst!

Oh, hallo.

Beliebt bei den Frauen?!

Gegen die hab ich keine Chance...

Dann mal auf zur Mensa! Die Auswahl ist riesig.

Worauf hast du Appetit?

Nein, gar nicht.

Entschuldige, du stehst bestimmt schon ewig hier.

Dann lassen wir euch mal allein.

Wir sehen uns!

24

Äh, nichts. Die Person an deiner Seite ist... dein Freund ...?

Oh, Yumura. Ist etwas?

Hinase ...?!

Ja.

Er hat sich irgendwie seltsam verhalten. Ob ihm etwas fehlt...?

Schön zu sehen, dass du genauso gut auch bei Kerlen ankommst...

Was auch sonst?

Bis dann!

Ich wusste gar nicht, dass du einen Freund hast... Aber war ja eigentlich klar, oder...?

Ahaha... Ah, sorry, ich will euch nicht länger stören. Bis dann!

Wo denkst du hin?

Yumura sitzt im Kurs Japanisch 2 neben mir. Wir sind bloß Freunde!

Quatsch!

Du kannst es drehen und wenden, wie du willst, aber der Kerl steht auf dich.

So langsam mach ich mir gewaltig Sorgen um dich...

Ja?

Ach ja!

Hättest du vielleicht Lust...

Hmm... Hab an etwa eine Woche gedacht, aber nichts Konkretes geplant.

Wieso?

Wie lange wirst du bleiben?

...mit mir in ein Onsen zu fahren?

Hab die Nudeln... in den falschen Hals...

Alles okay bei dir...?

Mit Übernachtung noch dazu...?!

Seitdem will ich auch mal dorthin.

Sie war so begeistert!

Eine Freundin hat mir davon erzählt, nachdem sie mit ihrem Freund dort war.

Nicht nur, dass wir uns eh kaum sehen, wir hatten bisher noch nicht mal ein richtiges Date...

... und dann soll's gleich ins Onsen gehen?!

Äh...

Ich weiß nicht...

Was meinst du?

Ist das vielleicht eine Prüfung? Werde ich gerade auf die Probe gestellt?!

Steckt Ritsu hier irgendwo und beobachtet mich?

Komm, lass uns ein Selfie machen!

Alles okay bei dir?

Ja. Das Zimmer ist... netter als erwartet.

Nicht wahr?

Was dagegen, wenn wir früh zu Abend essen? Ich will so lange wie möglich ins Wasser.

Nö, hab eh schon Hunger.

HIHI

Ich freu mich schon so aufs Essen und Baden!

Dir auch.

Sieht das lecker aus!

Guten Appetit!

Ich glaube, ich hatte so was noch nie.

Versteh ich. Solche kleinen Mahlzeiten kriegt man fast nirgendwo.

... schon immer mal essen!

Solche Häppchen wollte ich...

Und als wir mit der Schule im Onsen waren, hab ich im Zimmer geduscht.

Ich kann mich nicht erinnern, dass ich jemals mit meiner Familie im Urlaub war.

Das freut auch mich.

Darum platze ich gerade vor Freude!

* Damen/** Herren

Okay!

Aber stress dich meinetwegen nicht, sondern genieße dein erstes Mal im Onsen, so lange du willst.

Dann treffen wir uns nachher wieder hier im Pausenbereich.

PLÄTSCHER

22:00

Hinase ist echt lange drin...

Schon über eine Stunde.

Was ist? Kannst du wieder laufen?

!

Hoffentlich wird sie vor lauter Aufregung im heißen Wasser nicht unvernünftig ...

Ich dachte, so einen Yukata trägt man ohne was drunter?

Hast du da gar nichts drunter an?!

Hinase!

Äh...

ZUPF

Aber Unterwäsche?!

Ich weiß, du magst es obenrum lockerer, aber trotzdem!

LINS

Schon mal was von Unterhemden oder so gehört?

Schau da nicht so hin!

Dafür sind sie noch nicht groß genug.

43

Ich finde es schon ein wenig besorgniserregend, wie wenig du dir darüber bewusst bist, jetzt eine Frau zu sein.

Hör mal, Hinase.

Du solltest generell nicht zu irgendwelchen Typen nach Hause gehen!

Also zu irgendwelchen komischen Typen würde ich nie gehen!

Bevor noch was passiert!

Und es macht mir Angst, dass du wahrscheinlich völlig bedenkenlos zu einem deiner Kommilitonen nach Hause gehen würdest, wenn dich einer einlädt.

Oder auch die Sache mit dem Zimmer hier.

44

Ich wette, du hast nicht eine Millisekunde daran gedacht, dass ich dich vielleicht anfassen will, oder?

!

... sondern einfach nur ins Onsen wolltest und der Einfachheit halber dieses Zimmer gebucht hast.

Weil ich dich kenne, bin ich natürlich davon ausgegangen, dass du das gar nicht bedacht hast...

Ja, ich weiß, dass du mir vertraust, aber zu viel Vertrauen ist auch nicht gut...

Das würdest du nicht tun. Nicht, ohne mich vorher zu fragen.

BRUMM

45

Gute
Nacht.

Gute
Nacht.

The Gender of Mona Lisa

MEMO

Hinates (♀) Beziehung mit Shiori hat nichts
an ihrer Freundschaft mit Ritsu geändert.
Sie gehen oft gemeinsam shoppen und so.
Tatsächlich sehen sich die beiden sogar
öfter als Hinate und Shiori in ihrer
Fernbeziehung. Ritsu schwört, Hinate
wegzuschnappen, sollte Shiori sie jemals zum
Weinen bringen.
Aber sie klammert sich nicht ewig an
Hinate, sondern findet schließlich einen
eigenen Freund. Zusammen erzählen sie
Hinate von ihrer Beziehung. Ritsu und
Hinate sind beste Freundinnen für immer.
Ob sie auf Doppel-Dates gehen würden...?

Paint.X-2 »Das Richtige für uns«

Was? Ist nicht wahr!

Die Vor- lesung ist vorbei.

Ritsu.

Ritsu!

WUPP

PACK

Ripten

Hast du als nächstes nicht im anderen Gebäude? Wenn du dich nicht beeilst, wird es eng.

WURSCHTEL KRUSCH

Uwaaah, da war ja was!

Alle hier waren so schlau, fast schon schockierend. Andererseits half dir niemand, auch wenn du absolut nicht im Unterricht mitkamst.

Ich dachte immer, sobald ich es erst einmal an eine Uni geschafft hätte, wäre der Rest ein Klacks...

... aber so ein Sportstipendium hatte es in sich.

... als würde ich innerhalb der Universität sozusagen zur absoluten Unterschicht gehören...

Ich hatte fast schon das Gefühl...

Hier war es nichts Besonderes, gut im Tennis zu sein.

Hmmm ...

Na ja, bisher hab ich nichts vor, also...

VRR VRR

5G

Job Gruppe

Ito

Frau Kaga, könnten Sie heute eine Schicht übernehmen?

Frau Hanamaki hat einen wichtigen Termin und sucht jemanden, der sie vertreten kann.

VRR VRR

Auf jeden!

STRAHL

SCHRECK

Eine neue Nachricht von Hinase

Hinase

Wollen wir heute zusammen essen?

Spontan

...amaki hat einen Termin und sucht ...en, der sie vertreten ...

Keine Zeit!!!!!

Jawoll!

SWUUUSCH

はっ

Mit anderen Worten: Für die Arbeit hab ich...

OPERA

OPERA

Dennoch war das die beste Zeit meines Lebens.

PIEP

Und das lag daran...

Die Vorlesungen waren schwierig, das Training war hart...

... und die Arbeit war stressig.

Ach so...

Hast du ein gutes Restaurant entdeckt oder so?

Kommt nicht oft vor, dass du so spontan was machen willst.

Jup, alles gut.

Toll, dass es so kurzfristig geklappt hat. Ist das auch wirklich kein Problem mit deiner Arbeit und so?

Morning Cafe

Ich war heute bei der Routineuntersuchung und meine Ärztin meinte...

?

Das...

... nicht...

BEER

Ja?

...

Wa...

Was?

Hab dich nicht verstanden...

HNNNG

...

...

MURMEL

Dass ich mir allmählich einen BH zulegen sollte...

BRUMMEL

Zwei Jahre waren mittlerweile vergangen, seit Hinase zur Frau geworden war.

Warum auch nicht?

... du bist bisher ohne BH rumgelaufen?

Heißt das...

Oh...

Oooh...?!

Weiß nicht, welche Reaktion angemessen wäre.

B
R
A

MURMEL

... BHs...

Du willst nicht wissen, wie Typen reagieren, sobald sie rausfinden, dass du keinen BH trägst!

Und ob!

Meiner Meinung nach sind sie immer noch nicht groß genug dafür...

Jedenfalls...

... hatte ich gehofft, dass du mit mir shoppen gehst...

Danke dir!

Klaro!

Suchen wir was Hübsches für dich aus!

AWAWA

THIHI

Aber Hinase hatte sich, warum auch immer, für mich entschieden.

... bin ich davon ausgegangen, dass wir Freundinnen sein würden...

Als ich damals hörte, dass Hinase eine Frau geworden war...

... und Hinase mit Shiori zusammenkommen würde.

Ich erinnere mich noch daran...

... wie peinlich es war, als ich mit Mama meinen ersten BH ausgesucht habe.

In meinem Kopf war der Gedanke, dass sich eine Frau einen Mann zum Partner nehmen würde, immer noch stark verankert...

... weshalb ich Hinases Entscheidung nicht ganz nachvollziehen konnte.

So was Niedliches, wie du trägst, scheint es in der Größe nicht zu geben.

Ein typischer erster BH ist vermutlich schon zu klein für dich...

... aber mit einem Sport-BH kannst du eigentlich nichts falsch machen. Für Körbchen ist es noch zu früh, oder?

Meinst du?

Die sind nicht niedlich, sondern einfach nur riesig.

UFF

Vielen Dank für Ihren Einkauf!

Ob wir mal welche im Partnerlook tragen können?

Nein, gar nicht.

… was dagegen, wenn ich mir kurz noch die Accessoires ansehe?

Oh, Hinase …

Die neue Herbstkollektion ist so schön!

Das erinnert mich daran, wie Shiori mal meinte...

... und nicht plötzlich erst als Frau damit anfangen würdest.

Da lag er offensichtlich daneben.

... dass du dir schon längst die Haare hättest wachsen lassen, wenn du gewollt hättest...

Nicht ganz. Ich lasse sie mir nicht wachsen, weil ich jetzt eine Frau bin.

SSt

Du trägst doch oft Scrunchies.

Ich wollte das auch mal ausprobieren.

...

... weil ich gern im Partnerlook mit dir wäre...

Ja...

Deshalb lässt du sie jetzt wachsen?

GNN

So einfach ist das gar nicht...

Das lässt sich arrangieren! Gleich hier und jetzt!

Welche sollen wir nehmen?

KII

BA

BUMM

Wie ich dich beneide! Du und dein superglattes, weiches Haar!

Also ich mag dein fluffiges Haar.

Naturlocken ↓

... weil Scrunchies bei mir nicht halten wollen...

SWUSCH UND WEG

Aber wir können doch...

... etwas anderes im Partnerlook wählen!

Selbst mit Haargummis drunter wird das vermutlich nichts...

Gut, dann warten wir halt, bis sie noch etwas länger sind.

Ich werde mir Mühe geben...

70

Äh...
Na ja...

Schon...
Weil das
so was...

Ich mein,
du hast das
sowohl bei BHs
als auch bei
Haargummis
erwähnt.

FRIEMEL

BUMM ぼ

BUMM ぼ

BUMM ぼ

BUMM ぼ

BUMM ぼ

BUMM ぼ

BUBUMM

... von
Pärchen
hat...

Also das kannst du laut sagen!

Freut mich, dass du das auch so siehst.

Hinase.

Hm?

Und ich will...

... dass du meinetwegen Herzklopfen bekommst. Wie soll ich sagen...

Darum wollte ich auch mit dir zusammen sein...

Aber an deiner Seite fühle ich mich wohl.

... obwohl ich mich für ein Leben als Frau entschieden habe.

... die sich ihre Haare wachsen lässt und gern die gleichen Scrunchies wie du tragen würde.

Ich will eine Frau werden, mit der du gern zusammen bist.

Ich will nicht, dass du bereuen musst, mir deine Liebe gestanden zu haben...

... nur weil ich jetzt eine Frau bin...

Haaach, du machst mich fertig, du Traum einer Frau!

BWAH

ぶわ

AWAWA

GNN

ぎゃっ

FWUPP

くいっ

Darum bitte, Ritsu!

Sag mir, wenn du irgend- was Bestimmtes machen willst oder irgendwo hinwillst!

Ich jobbe ganz viel...

Und wenn Luxushotels grad nicht drin sind, dann spätestens, wenn ich einen Vollzeitjob habe!

... also wenn du willst, könnten wir auch irgendwohin weiter weg!

... all das versuchen wahr werden zu lassen, was du dir seit damals...

Jedenfalls will ich als Frau, soweit möglich...

Meinen Anteil werde ich ja wohl selbst bezahlen dürfen!

S...Sekunde mal! Ich jobbe ebenfalls.

... für deine Beziehung mit mir als Mann erträumt hast.

Wenn du willst?

Für all die unzähligen Male, die du mir bisher geholfen hast, will ich dir mindestens genauso viel zurückgeben.

Weil ich...

Ja?

Nur raus damit!

...

Okay, dann...

... dich liebe.

... will ich, dass du mich heute nach Hause bringst.

Selbstverständlich telefonieren wir, während du dann nach Hause gehst, sonst ist mir das zu gefährlich!

Alles klar.

Nein.

Äh... gern...

Mehr nicht?

Ehrlich gesagt...

... hatte ich keine Ahnung...

... ob ich mich jemals statt als Hinases Freundin als Hinases Partnerin sehen könnte...

... oder ob wir jemals als Liebespaar durchgehen würden.

Was ich aber wusste, war...

82

... dass Hinase an meiner Seite lachte...

Darum konnte ich mit Gewiss-heit sagen...

... und ich an der ihren ebenfalls la-chen konnte.

Nicht mehr und nicht weniger.

... dass
das für
uns beide
genau das
Richtige
war.

The Gender of Mona Lisa

MEMO

In Panel 15 (Band 3) meinte Ritsu, es wäre richtig gewesen, allein nach Hause zu gehen und sich nicht von Hinase begleiten zu lassen. Beim Zeichnen dachte ich mir aber auch, dass es für Ritsu genauso gefährdich ist, allein im Dunkeln nach Hause zu gehen. Selbst wenn sie einmal mit Hinase (?) zusammenkäme, sollten sie immer gemeinsam nach Hause gehen!

Ich freue mich, dass ich genau das jetzt in diesem Kapitel zeichnen konnte.

Paint.X-3 »Unser Glück«

Begrüßen wir nun das frisch- vermählte Ehepaar!

Ich bitte um einen tosenden Applaus!

KLACK

88

Nach dem Eintritt ins Berufsleben wohnten sie drei Jahre lang als Paar zusammen, bevor sie sich vor einem halben Jahr überraschend während eines Okinawa-Urlaubs verlobten.

Tamaki und Yuu lernten sich bei einem Tennisturnier an der Oberschule kennen.

Während der Zeit auf der Oberschule und der Universität festigte sich ihre Liebe zunehmend.

Der Bräutigam selbst hat sich nämlich um das Styling von Tamaki gekümmert!

Und heute hat er sein Können als Friseur unter Beweis gestellt!

Oooh!

So oft, wie die sich streiten, hab ich schon tausendmal mit einer Trennung gerechnet.

Wow.

Dass die beiden echt mal heiraten würden...

Bei denen trifft wohl der Spruch »Was sich liebt, das neckt sich« zu.

Wie läuft es eigentlich bei dir, Gocchin?

Hm?

Als Frischvermählte.

Oh, sehr gut! Ich kann mich nicht beschweren.

Der Geburtstermin ist irgendwann im Herbst, richtig?

Genau. Darum müssen wir uns langsam an die Vorbereitungen machen.

Wah!

Scherz.

Damals an der Uni hab ich mich noch gefragt, wie du den Sohn deines Chefs in den Wind schießen konntest, aber dann angelst du dir einen der reichen Ärzte bei dir in der Klinik! Ein bisschen neidisch bin ich ja schon.

Stimmt, als Ärztin ist es bestimmt nicht gerade einfach, sich eine Auszeit zu nehmen.

Noch mal herzlichen Glückwunsch, Tamaki!

Ich danke euch, dass ihr es alle trotz der Arbeit hierhergeschafft habt.

Na ja, ehrlich gesagt finde ich das Singleleben um einiges angenehmer...

Ja! Seitdem du dich von deinem Ex getrennt hast, kam von dir gar nichts Derartiges mehr.

Wo wir grad dabei sind: Gibt's bei dir irgendwas Neues, Rui?

Ahaha, das kann ich sogar ein wenig verstehen.

Hä? Bei mir?

Und bei dir, Ritsu?

Hast du mal drüber nachgedacht, Hinase zu heiraten?

Nicht wirklich ...

Ja, das verstehe ich.

Wir haben beide durch unsere Jobs so viel um die Ohren, dass mir das noch gar nicht in den Sinn gekommen ist.

Hinase ist doch jetzt Lehrerin an einer Schule, richtig? Ich hätte sie gern gesehen.

Stimmt...

Aber unter der Woche freizunehmen, ist an der Schule unmöglich ...

Hinase euch auch.

Die Hochzeit fand an einem Werktag statt, da das Yuus freier Tag war.

Bis nachher!

Okay ... ... wir sehen uns später!

Ich komme schon!

Wenn ich die Braut bitten dürfte...

Puuuh...

Sooft ich mir auch denke, dass es völlig okay ist, nicht zu heiraten...

... frag ich mich immer wieder, ob es das wirklich ist, je mehr Leute sich in meinem Umfeld das Jawort geben.

Ja...

... geht mir genauso.

Was macht dein Magen, Nozawa?

Kannst du nach Hause gehen oder soll ich jemanden für dich anrufen?

Nein... Ich komme klar, glaub ich...

SCHFFRS

Danke!

Pass auf dich auf, ja?

Okay, hier ist deine Tasche.

RÄTTER

Tschüss!

Frau Arima.

Hi!

Herr Wakura, hallo!

Wie kann ich Ihnen helfen?

Hätten Sie Lust, nachher mit mir zu Abend zu essen?

Oh...

WUPP

Auf Wiedersehen!

Ach so, kein Problem!

Dann eben ein andermal.

Tut mir leid.

Ich habe versprochen, zum Abendessen zu Hause zu sein.

Wenn Sie es auf Frau Arima abgesehen haben, vergessen Sie's.

W...Was sollte das denn, Herr Tsukioka?!

Nein, also das ist es nicht!

Herr Wakura.

Hieks!

Heißt das, Sie hatten es ebenfalls auf Frau Arima abgesehen ...?

Das habe ich letztes Jahr auf schmerzliche Weise erfahren müssen.

Genau.

Echt jetzt? In wilder Ehe?!

Frau Arima ist in einer Beziehung und lebt mit dieser Person zusammen.

SUPER ONE

SUPER ONE

Okay, wen wundert's? Welcher Mann...

... könnte eine solche Schönheit schon ignorieren?

Oh!
Pak Choi
89
Pak Choi Pak Choi Pak Choi Pak Choi Pak Choi Pak Choi Pak
Pak Choi ist gerade günstig!
Okay, dann brauch ich noch Mungbohnensprossen, Schweinefleisch und…
Oh, Auberginen sind auch günstig. Dann nehme ich davon ebenfalls welche mit.
Milch haben wir auch nicht mehr viel zu Hause.
98
98
3
4

Lass es dir schmecken.

Guten Appetit!

Ach ja, und Gocchin!...

Wa-ha-ha-ha-ha-ha!

Sie sehen so wunschlos glücklich aus.

Das Kleid steht Tamaki echt gut!

Nicht wahr? Das Kleid, das sie danach anhatte, war auch spitze!

Genau, das da!

...

Du, Hinase ...?

Hast du schon mal...

... über die Ehe und so nachgedacht...?

Ich mein, wie hätte es auch anders sein sollen?

Nicht, dass ich da konkrete Pläne hätte oder so.

Ach so! Tamaki hat mich das vorhin gefragt.

Ja, also... das auch...

... aber auch das Eheleben ...

Du meinst, ob ich mal heiraten will...?

Wir leben zusammen...

... essen zusammen...

... schlafen nebeneinander und wachen nebeneinander auf.

Äh...

Inwiefern würde sich das denn von jetzt unterscheiden...?

Gäbe es für dich etwas, das sich nach der Hochzeit ändern würde?

Jetzt, wo du's sagst...

BABUMM

Ich bin jetzt schon wunschlos glücklich.

Ich...

... ja auch...

... könnte ich kaum glücklicher sein. Jetzt, da zu Hause jemand auf mich wartet...

... mit dem ich zu Abend essen, fernsehen und zusammen lachen kann.

... aber nachdem ich die meiste Zeit meines Lebens allein gelebt habe...

Für andere mag das vielleicht nichts Besonderes sein...

Vor allem, weil das genau die Person ist, die ich liebe.

Und wenn du Kinder möchtest, könnten wir welche adoptieren. Ich bin mir sicher, wenn wir nur lange genug suchen, finden wir einen Weg. Es gibt so vieles, was wir tun könnten.

Schon vergessen, was ich dir einmal gesagt habe? Dass ich nach Möglichkeit all deine Träume realisieren möchte.

Wenn du heiraten möchtest, dann lass uns heiraten. Ich würde dich nämlich schon gern in einem Brautkleid sehen.

Aber das geht nicht nur uns beiden so.

... gibt es auch genauso viel, was uns nicht möglich ist.

Selbstverständlich...

Die Tatsache ...

Für mich ist das das Gleiche.

Genauso wie eine Person mit Höhenangst nicht auf ein Date im Riesenrad gehen kann.

... jemand mit Bewegungskrankheit kann mit den Liebsten keine 3D-Attraktionen genießen.

Vielleicht ist das nicht der beste Vergleich, aber...

Aber deshalb sind sie nicht weniger Lebensgefährten als andere.

... ist auch für manche heterosexuelle Paare ein Problem.

... dass wir beide zusammen keine Kinder zeugen können...

Genau, und das am besten gemeinsam.

Mir ist ja auch klar...

... dass es einiges gibt, wovon wir nur träumen können...

... aber es ist gut, mal darüber nachzudenken, wenn wir schon einmal mit dem Thema konfrontiert werden.

Apropos Shiori: Er hat mir vorhin geschrieben, dass er über die Feiertage nach Hause kommt.

Und wenn wir zu zweit nicht weiterkommen, können wir immer noch Shiori um Rat fragen.

Echt? Dann müssen wir unbedingt was machen! Zusammen essen gehen oder so.

こーん
BONK
Aaah!
W... Was hast du?
Ich hab ganz vergessen, dass ich noch Unterlagen für die morgige Präsentation zusammenstellen muss!
Hä? Meinst du die, von der du erzählt hast? Von der abhängt, ob sie deinen Entwürfen endlich einmal eine Chance geben?
KNIPS
Ja, genau die!
Waaah, wie soll ich das jetzt noch hinkriegen?! Dann muss ich wohl eine Nachtschicht schieben.
KRUSCH KRUSCH KRUSCH

The ^rGender[•] of Mona ˩ Lisa

MEMO

Herr Wakura   Herr Tsukioka

und

existieren auch in dem Paralleluniversum, in dem Hinase ein Mann geworden ist. Mit Herrn Wakura ist er gut befreundet, aber Herr Tsukioka sieht Hinase (♂) als Rivalen, weil er bei den Frauen besonders beliebt ist.

Side:Azusa Takayama

... arrangierten sie schließlich ein formelles Treffen mit einer potentiellen Heiratskandidatin für mich.

Nachdem ich meinen Eltern in meinen dreißig Jahren noch keine einzige Freundin vorgestellt hatte...

... mit einer potentiellen Heiratskandidatin...?

Ein Treffen ...

Triff dich wenigstens einmal mit ihr.

Ihr Vater, Herr Ikaho, ist Direktor eines Allgemeinkrankenhauses.

Sie stammt also aus gutem Hause.

In deinem Alter wäre es nämlich langsam an der Zeit.

Genau. Mit der Tochter eines Freundes von Papa.

Eine sehr reizende junge Dame.

Wenn's sein muss...

Ich habe aktuell allerdings noch nicht die Absicht zu heiraten.

Was soll's... Ich muss es ja nur hinter mich bringen...

Aber bitte höflich!

Dann schreibe ich gleich mal zurück.

Genau.

Du, mit einer Frau?!

Darum muss ich mir nächste Woche einen Tag freinehmen.

Du... triffst eine potentielle Heiratskandidatin?!

Aller guten Dinge sind drei...

Ein Treffen mit einer Heiratskandidatin?!

Die Tochter von Herrn Ikaho.

SCHLP

Wow, da hast du dir mal wieder ein echtes Vollblut geangelt!

Die da ...?

Eine außerordentlich begabte Ärztin...

... die sich in kürzester Zeit einen Namen gemacht hat. In der Branche hat jeder zumindest schon mal von ihr gehört.

Herrn Ikahos Tochter ...

... ist eine berühmte Schönheitschirurgin.

Ich gehe davon aus, dass sie ebenfalls von ihren Eltern dazu überredet wurde.

Mal ehrlich: Was hätte sie davon, einen bescheidenen Arzt für Körper und Geschlecht zu heiraten?

Ich werde daher zusehen, dass wir dieses Treffen möglichst kurzhalten werden.

Ein angesagter Schauspieler, ein Geschäftsführer ...

Sämtliche namhaften Leute aus verschiedensten Branchen haben es auf sie abgesehen...

... aber sie gibt ihnen allen den Laufpass. Dafür ist sie mindestens genauso bekannt.

Dann erzähle ich ihr von meiner Vorliebe für Puppen.

Alter...

Und was, wenn sie ein Auge auf dich wirft? ♪

Vergiss nicht, dass du als Mann einiges hermachst.

...

Bitte entschuldigen Sie...

... die Verspätung.

SST

SST

Und noch einmal Entschuldigung.

Danke gleichfalls.

Danke, dass Sie sich die Zeit genommen haben. Sie haben sicher viel zu tun.

GWUPP

Sie sind doch bloß hierhergekommen, weil meine Eltern so lange auf Sie eingeredet haben, oder?

Aber nicht doch.

In letzter Zeit nerven sie mich nur noch mit Heirat, Heirat, Heirat...

SWUSCH

Ich denke, ich nehme einen Eiskaffee.

Wenn wir zu früh nach Hause gehen, können wir uns was anhören...

... also schlagen wir erst noch ein wenig Zeit tot.

Scheint, als könnte ich zeitig nach Hause gehen.

PUH!

Ich...

Was hat Sie dazu bewegt, Geschlechtsarzt zu werden?

Oder soll ich lieber behaupten, dass es keinen besonderen Grund gebe...?

Oder aber...

Aber diese Frau lebt für ihren Beruf...

Was sag ich da jetzt am besten? Was Unverfängliches?

Ich hatte gehört, dass Frau Ikahos soziales Umfeld Beschäftigte diverser Kliniken umfasste.

?

... ob Mann oder Frau, das hat mich nie interessiert. Geschlechtslosigkeit fasziniert mich dagegen schon immer.

... und wählte deshalb eine Erklärung, die mir zukünftig weitere Heiratsvermittlungen ersparen sollte.

Das wollte ich mir zu Nutze machen ...

Wissen Sie...

KLINK

Das hat aber nichts mit Pädophilie zu tun...

... seien Sie unbesorgt.

So könnte man es ausdrücken, ja.

Verstehe ich das richtig? An den Menschen an sich haben Sie keinerlei Interesse?

Aha.

Was
interessiert
Sie dann?

Insekten
...

... und
Pflanzen.

*Weshalb
interessiert
sie das so
sehr?*

Als
Kind...

Und
wieso
das?

Diese Erkenntnis hat mich in schiere Ekstase versetzt.

Seitdem gilt allem, was sich im Wandel befindet, mein gesamtes Interesse.

... wollte ich unbedingt wissen, wie es im Inneren einer Schmetterlingspuppe aussieht.

Also habe ich mir einen Cutter genommen und sie aufgeschnitten.

Was rauskam, war eine klebrige Flüssigkeit.

Na toll, da bin ich ja an die Richtige geraten...

Aha...

Und ich dachte, ich wäre der einzige Mensch, der so viel Zeit in solche Videos investiert...

Aha...

Aus dem gleichen Grund mag ich Pflanzen auch so gern!

Vor allem Videos von keimenden Samen im Zeitraffer...

... könnte ich mir tausendmal aus sämtlichen Winkeln ansehen!

Die Mysterien des Lebens!

Das entwickelt sich gerade in die genau falsche Richtung!

Möglich...

HI HI

Scheint, als wären wir auf einer Wellenlänge!

Oh, bitte entschuldigen Sie, so war das nicht gemeint, keine Sorge.

... habe ich, wie bereits angedeutet, kein sonderliches Interesse an zwischenmenschlichen Beziehungen dieser Art...

Aber... so leid es mir auch tut...

Das war knallhart!

Das... freut mich.

Ganz egal, wie attraktiv Sie auch sein mögen.

Ich habe aktuell selbst nichts für das, was sich außerhalb des menschlichen Körpers abspielt, übrig.

Ich möchte Ihnen dennoch einen Vorschlag unterbreiten.
So, wie meine Eltern mir mit dem Thema in den Ohren liegen...
... kann ich mir vorstellen, dass es bei Ihnen ähnlich schlimm sein muss.
Was halten Sie davon...
... wenn wir, die quasi im selben Boot sitzen, trotzdem eine Beziehung eingehen?
Wir wären nicht die Ersten, die das täten.
Sollten Sie mich allerdings vorsätzlich angelogen ...
... und den schrägen Vogel gespielt haben, um mich loszuwerden, erübrigt sich mein Angebot.
...

Gar nicht mal so schlecht.
Nicht wahr?
Damit wäre die Sache beschlossen.
So können wir uns ohne Rücksichtnahme...
... unserer Liebe für die Mysterien der Eingeweide beziehungsweise für die Mysterien des Wandels hingeben.

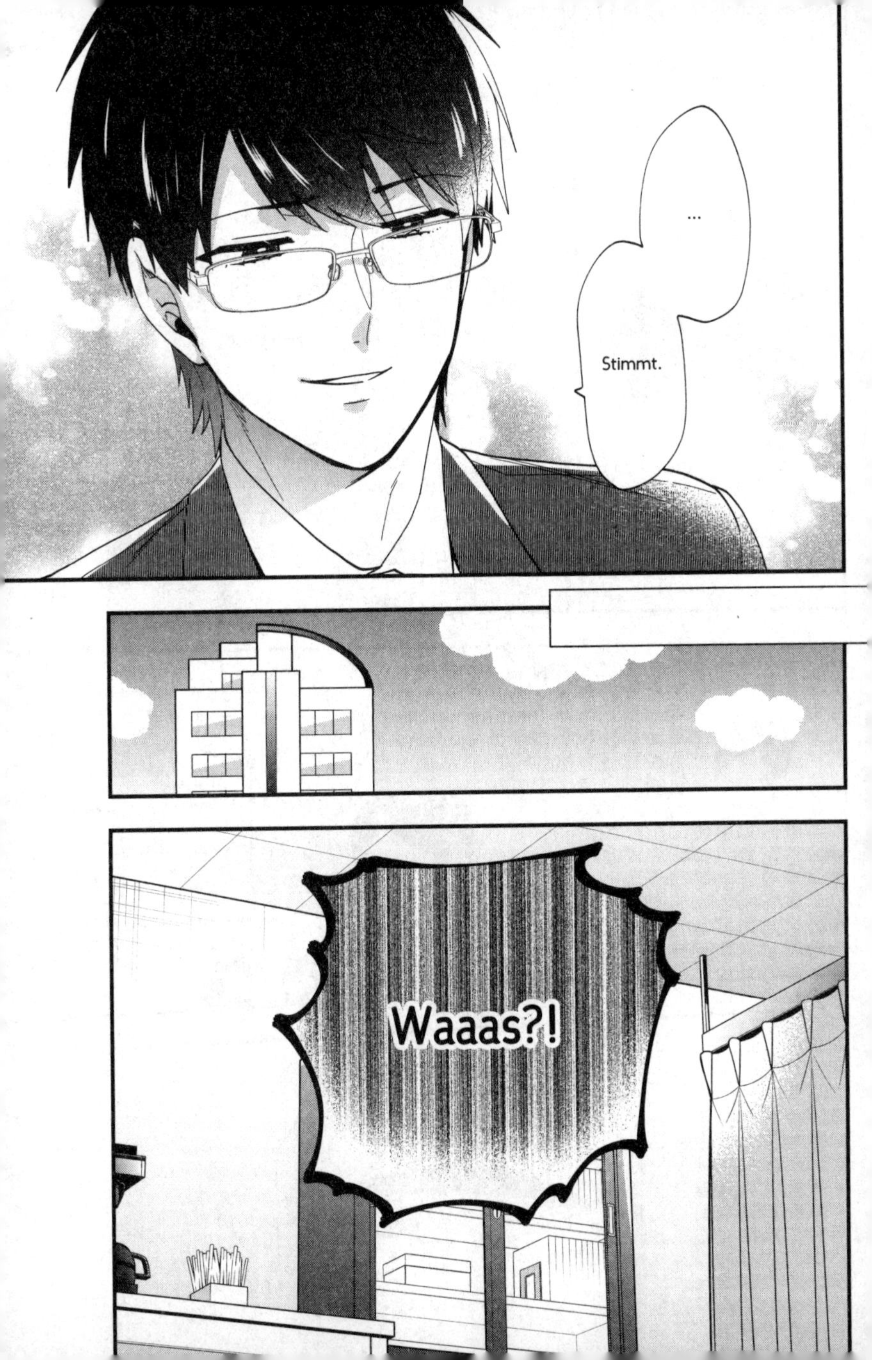
...
Stimmt.
Waaas?!

Ja.

Sie ist wirklich eine äußerst reizende Frau.

Mit Frau Ikaho?!

Sie sind jetzt in einer Beziehung?!

HNNNG!

Auf dieser Welt gewinnt nur, wer Rang und Namen hat!

Könntest du dich bitte beruhigen?

War ja klar, dass überdurchschnittliche Menschen unter sich bleiben! Dass ein Traummann auch nur mit einer Traumfrau zusammenkommt!

Von wegen, er würde keine Frau abkriegen, weil er extravagante Interessen hätte!

Wie soll ich sagen?

Vielleicht war die Aussage »Gleich und Gleich gesellt sich gern« doch nicht ganz falsch.

SST

Ach so!

The Gender of Mona Lisa

Side Rui

← MEMO

Obwohl ich nur Geschichten gezeichnet habe,
die darauf hinauslaufen, dass Hinase in einer
Beziehung ist, heißt das nicht, dass es immer so
laufen muss. Ruis Kapitel soll das unterstreichen.

Selbstverständlich gibt es auch ein
Paralleluniversum, in dem Rui und Gora heiraten.
Eines, in dem Hinase Single bleibt. Eines, in dem
Hinase weder mit Ritsu noch mit Shiori, sondern
mit einer dritten Person zusammenkommt. Nur,
weil ich sie nicht gezeichnet habe, heißt es nicht,
dass sie nicht existieren.

Die Möglichkeiten sind grenzenlos!

Side Azusa

MEMO →

Mein erster Entwurf war ziemlich ernst, wurde
aber komplett abgelehnt. Also habe ich ihn
überarbeitet und lustiger gemacht.

Die Basics sind aber gleich geblieben. Nach drei
Jahren drängen beide Familien, sie sollten doch
endlich heiraten, woraufhin sie eine Geschichte
erfinden und sich trennen. Danach treffen sie sich
etwa einmal im Jahr.

Ich finde
es abstoßend,
dass sie sich
eine Vielzahl
an Fröschen
hält.

Seit ich
weiß, dass er
Schmetterlings-
raupen züchtet,
ist es aus für
mich!

Erstunken und erlogen.

Side.Rui Kinosaki

Was?! Ihr
habt euch
getrennt?!

Männlich
und liebevoll,
nicht wahr?

Warum das
denn? Auf
mich hat er
einen ziemlich
guten Eindruck
gemacht!

...

Genau.

Ach, stimmt
ja! Er war
einen Jahr-
gang unter
Ricchan!

Na
ja...
... schon...

Hm?
Ritsu...

... gibt es
da was, das
wir nicht
wissen?

Nein, nein!

Hä, was? Hat er dich betrogen?!

... das ist genau das Problem. Er ist der Typ, der keinem Mädchen etwas abschlagen kann.

Gora ist... ein gewissenhafter, hilfsbereiter Kerl, aber...

Nichts in dieser Richtung.

Er gibt ihnen nur Ratschläge oder hilft ihnen beim Training.

Und er macht einfach weiter, obwohl du ihm gesagt hast, dass es dich stört?

Nein.

Okay, aber...

... mich würde es auch stören, wenn mein Freund ständig mit anderen Mädchen abhängt.

Ich hab mich nicht getraut, das Thema anzusprechen...

Genau!

Ich wette, er würde das verstehen.

Soll er etwa deine Gedanken lesen?

Wenn dir was nicht gefällt, musst du das schon sagen!

So sehr hing ich auch wieder nicht an der Beziehung.

Ja, schon, aber...

Wie soll ich sagen...

Na ja, vielleicht wartet da draußen noch jemand Besseres auf dich!

Okay...?

Ich hab ihn bis zum Schluss geliebt.

Doch.

Du meinst, du hattest keine Gefühle mehr für ihn?

Wooow, geht ja ruck-zuck bei dir! Respekt!

Da fällt mir ein! Gocchin, habt ihr euch nicht neulich verlobt?

Ja. Die Hochzeit wollen wir nach unserem Abschluss feiern...

...

Nun, sagen wir so:

Das war einfach nichts für mich.

KLINK

Aber...

... und mir mehrfach ausgemalt, wie es wäre, ihn zu heiraten.

Ich war auch glücklich, hatte Spaß...

In der Uni hatte ich mir aus einer Laune heraus die Haare wachsen lassen.

Möglicherweise war das der Grund, warum mich seitdem mehr Jungs angesprochen hatten und ich schließlich mit Gora zusammenkam.

Die Trennung tat weh... Oder besser gesagt...

... es tat weh, das zu verlieren, was ich als „Liebe" empfunden hatte.

... ich hatte nicht die Energie, so sehr für meine Beziehung zu arbeiten wie meine Freundinnen.

Sobald ich das Gefühl hatte, an meiner Beziehung arbeiten zu müssen, hatte sie für mich schon keinen Sinn mehr.

Aber das konnte ich den dreien unmöglich sagen.

Schon traurig...

GLUCK

Trotzdem sind sie alle zuversichtlich und wirken so glücklich! Echt beeindruckend...

Und Ritsu und Hinase haben es als gleichgeschlechtliches Paar ebenfalls nicht leicht.

Gocchin gibt sich alle Mühe, eine gute Beziehung mit den Eltern ihres Verlobten aufzubauen.

Tamaki hält an ihrer Beziehung fest, egal wie oft sie sich streiten.

Haaah...

Und ich
bezweifle
sehr...

... dass
das in Zu-
kunft anders
sein wird.

Es lag nicht
an Gora, son-
dern an mir.

Obwohl
ich ihn geliebt
habe und gern
mit ihm zusam-
men war...

... konnte ich
mich nicht so
sehr für meine
Beziehung ein-
setzen wie meine
Freundinnen.

Haaah...

Was für eine schöne Form!

Bestimmt macht sie Leichtathletik.

HAH

HAH

Ich hab sie ange-starrt!

Ups!

Sicher, dass du klar- kommst?

Ich hab nur gerade ein wenig die Nase voll von allem.

Keine Sorge, ich komm klar!

Hä?! Seh ich echt so schlimm aus?!

Woah, hab ich üble Augen- ringe!

Ich bin nur irgendwie mehr oder we- niger grundlos schockiert...

... weil etwas, das ich mal ausprobieren wollte, irgendwie nicht so war, wie ich es mir vorge- stellt hatte.

Ja, ist nur halb so wild.

Aha?

Oh wow!

Leichtath-
letik?

Langstre-
ckenlauf,
ja.

Du
bist auf
der Ober-
schule?

Ja.

Laufen
ist etwas
Gutes.

STURM

Los!

HAH

TAPP

TAPP

TAPP

TAPP HAH

HAH

Unmög-
lich!

Keine
Chance...

HAAAH

HAH

Wenn du etwas ausprobierst, das du immer mal ausprobieren wolltest, dir aber nicht liegt...

... musst du einfach nur was Neues finden, das du ausprobieren willst. Meinst du nicht auch?

Haha...

Ich hab nämlich genau gemerkt, wie sehr du das Laufen magst.

Und wenn du wirklich nichts für dich findest, laufen wir wieder.

Du hast recht.

Sollte dir die nächste Sache auch nicht gefallen, probierst du danach eben wieder etwas Neues aus, bis du das Richtige für dich gefunden hast.

Und nur, weil du diese eine Sache nicht machst, geht die Welt nicht unter.

Doch, sie haben wirklich viel damit zu tun!

Ich glaube, ich mach gleich morgen kurzen Prozess mit ihnen.

Natürlich sind die Haare schuld daran.

Aber ich habe nur verloren, weil mich die Haare unfassbar gestört haben!

Ahaha!

Dann fragen dich die Leute bestimmt, ob dir das Herz gebrochen wurde.

Bestimmt!

The Gender of Mona Lisa X = Ende

Special Thanks.

An meine
Assistent*innen:
Kawano-san, Hartekir-san,
Hiroki Otsuka-san,
Kuramoto-san

Für die Logo- und
Umschlaggestaltung:
Takagi-san & Hasegawa-san
An die Redaktion:
Nozaki-san

An Euch, die mich immer unterstützen!

Nur Euch habe ich es zu verdanken, dass
ich all diese verschiedenen Routen, die ich schon
von Anfang an zeichnen wollte, auch wirklich
zeichnen konnte. Das war mir sehr wichtig,
weil ich behaupte, eine einzige Route wäre
nicht ausreichend gewesen, um dieses
Thema korrekt rüberzubringen.

Ich wünsche Euch allen - meinen Leser*innen,
Redakteur*innen, Assistent*innen, Freund*innen,
meiner Familie und all den Menschen, die
diese Reihe unterstützt haben - alles Glück der
Welt für Euren weiteren Lebensweg.

The Gender of Mona Lisa

ist ein japanischer Manga, der originalgetreu von »hinten« nach »vorne« und von rechts nach links gelesen wird! Schlagt das Buch also »hinten« auf und blättert Seite für Seite nach »vorne« weiter!

Auch die Bilder und Sprechblasen werden von rechts oben nach links unten gelesen, wie es in der Grafik gezeigt wird! HAYABUSA wünscht gute Unterhaltung!

HAYABUSA
Carlsen Verlag GmbH · Völckersstraße 14-20 · Hamburg 2023
Aus dem Japanischen von Carina Dallmeier
SEIBETSU MONALISA NO KIMI E. vol. 9
© 2022 Tsumuji Yoshimura/SQUARE ENIX CO., LTD.
First published in Japan in 2022 by SQUARE ENIX CO., LTD.
German translation rights arranged with SQUARE ENIX CO., LTD.
and Carlsen Verlag GmbH through Tuttle-Mori Agency, Inc.
Redaktion: Julia Liebetraut
Herstellung: Maria Niemann
Alle deutschen Rechte vorbehalten
ISBN: 978-3-551-62125-2

FOLLOW THE FALCON
www.hayabusa-manga.de
www.carlsen.de
hayabusa_manga
HayabusaTweets

MIX
Papier | Fördert
gute Waldnutzung
FSC® C083411

Unser Versprechen für mehr Nachhaltigkeit
- Klimaneutrales Produkt
- Papiere aus nachhaltigen und kontrollierten Quellen
- Hergestellt in Europa